슈퍼 블루문

슈퍼 블루문

# 시인의 말

어쩌다 보니 이별

또다시 한 해가 가고
새해를 맞게 되었네요

내 인생은
비록 맺어지지는 않았지만
사랑과 함께한 세월이었다

이만큼의 연륜에
미련이 남아 있다고 한들
대수롭지 않다

이제 포기할 것은 포기하고
새로운 길을 찾아가리라

다소 아쉬움이 있지만
열 번째 시집을 묶으며
스스로 위안으로 삼고자 합니다

# 차례

## 제3부 인생

제1부

수선화

# 수선화

시골의 이름 모를 정원에
수선화가 피어 있다

양파처럼 생긴 둥글고 탐스런 뿌리를 가지고
그 뿌리를 통해서
매끈한 줄기와 꽃을 피운다

너무나도 예쁜
노란색 수선화의 그 꽃말도
의미가 매우 높다

어려운 상황을 상징하는 추위에 강하여
이른 봄에 피어난다

자신과의 사랑에 빠진
나르키소스의 전설은
일생 동안 갈증에 빠져
자아에 도취한
내 인생의 일면을
닮아 있다

# 마리골드

시골의 작은 농장에
따가운 햇살을 받으며
아름다운 마리골드꽃들이
피어 있다

눈에 좋은 루테인과 지아잔틴이 풍부한 꽃
생김새도 그렇거니와
태양과 밀접한 관련이 있다
해가 뜨면
꽃봉오리를 활짝 열고
해가 질 무렵이면
다시 꽃봉오리를 닫는다

오랫동안 피는 꽃으로도 유명하다

꽃말은
이별의 슬픔
가련한 사랑
반드시 오고야 말 행복 등이 있다

모두 나의 상황과 닮아 있다

마리골드꽃과 같은
늦은 성공을
오랫동안 맞이하리라

# 큰금계국

코스모스를 닮은 노란색 아름다운 꽃
잡초처럼 생존력이 강한 큰금계국
뜨거운 햇살을 좋아하는 큰금계국
꽃씨와 뿌리로 자신의 영역을 확장하는 큰금계국

누군가의 의도로 심어져
자신의 역량으로 넓게 퍼졌는지
넓고 긴 하천가에도
누군가의 관심에서 멀어진 큰길가에도
큰금계국이 자라나 지역을 온통 차지하고 있다

인간세상에서도
큰금계국처럼
개개인에게 자신의 역량을 펼쳐
자리를 잡고
영역을 확장할 수 있는
능력 있는 사람이 세상을 지배한다

# 종이 연꽃

향기 없는 꽃
종이 연꽃
영양가 많은 연근도 없고
열매도 맺지 못하지만
그 모습은 연꽃을 매우 닮았다

부처님의 가르침과 열반을 상징하는
종이 연꽃
종이 연꽃이 산사의 하늘에
가득하다

우리들의 마음속에도 나의 시에도
종이 연꽃의 모습과 의미가 스며들었다

# 꽃무릇

하루 종일 추적추적 비가 내리는 날
길상사를 찾아왔다

절의 입구를 들어가자
여기저기 꽃무릇이 피어 있다
단풍나무 아래에도
가지를 늘어뜨린 소나무 아래에도
꽃무릇이 피어 있다

외로운 꽃대를 길게 뻗은 곳에
붉은 꽃이 피어 있다

독성이 있어
해충이 다가오지 않는 꽃
열매를 맺지 않아
독신을 상징하는 꽃

길상사를 창건했던
그녀를 상징하는 꽃
시인을 사랑했지만
끝내 사랑으로 열매 맺지 못하고
외롭게 죽어간 그녀

나 자신도 그녀와 비슷한 길을
걸어가고 있다

# 튜립

우리 동네 교회의 화단에
보라색 튜립이 무리 지어 피어
비에 함초롬히 젖어 있다

영원한 사랑을 상징하는
보라색 튜립이 무리 지어 피어 있다

꽃을 사랑하는 마음도
신을 사랑하는 마음도
스스로 지향하고 소중하게 생각하는
자신의 상념이 중요한 것이다

쉽게 흔들리는 가련한 존재인 인간에게
꽃을 사랑하는 마음도
신을 사랑하는 마음도
큰 별을 바라보며 이끌리게 되어
마음을 가다듬는 것과 같다

# 창포꽃

자주 가는 공원의 연못가에
노오란 창포꽃이 웃으며 피어 있다
수풀과 어울려 창포줄기가 있고
얕은 연못의 물가에
꽃이 어우러져 피어 있다

봄이 무르익어 여름으로 가는 길목
오월의 하늘 아래 바람이 불고
내 인생의 텃밭 같은 연못가에
노오란 창포꽃이 피어 있다

국가의 일원이 되는
군중의 무리가 존재하듯이
창포꽃이 무리 지어 자신을 드러낸다

# 카네이션

어버이날을 맞이하여
붉은 카네이션 한 상자를 사 왔다

어머니의 사랑을 상징하는 카네이션

한국에서는 어버이날을 맞아
부모님에게 감사의 마음을 담아
카네이션꽃을 선물하는 것이
전통으로 자리 잡았지만

일찍 부모님을 여의고
자식이 없는 나로서는
카네이션을 선물한 적도
받아본 적도 없다

카네이션을 바라보는 마음은
많은 생각을 불러일으켰다

리본에 새겨져 있는 글씨
감사합니다
사랑합니다
그 문구를 보자
오랫동안 뜨거운 눈물이
흘러내렸다

# 포도꽃

평범하고 부드러운 저 포도꽃
평범한 사람들 중에서
많은 자식을 갖는 사람이 있듯이
포도꽃으로 인하여
인간에게 유용하고 탐스러운
수많은 포도송이로 영근다

뿌리에서 양분을 빨아올려
덩굴을 타고 올라 줄기로 이어져서
포도꽃을 피워
알갱이를 맺는다

포도꽃으로 인하여
수많은 알갱이로 영그는 그 과정이
놀라울 뿐이다

# 겨울에 핀 봄꽃

따뜻한 겨울 날씨에
도심의 곳곳에 봄꽃이 피었다

봄에 피어나야 할 벚꽃과 진달래가
계절을 착각하여
꽃을 피운 것이다

지구의 온난화로 인한
이상기후의 현상이다

겨울에 꽃을 피우는 것처럼
사람도 노년기에 이르러
어린 자식을 가지게 되는
경우도 있다

제2부

슈퍼 블루문

# 슈퍼 블루문

지구와 달이 가까이 있을 때
달이 크고 밝게 보이는 슈퍼문

한 달에 보름달이 두 번째 보일 때
블루문이라고 한다
오늘 뜨는 달은 슈퍼 블루문이다

슈퍼 블루문을 보려고
금천체육공원으로 갔다

별이 디자인된 예쁜 옷으로 갈아입고
설레는 마음으로
달맞이를 하기 위해서
그곳으로 갔다

일생일대의 중요한 기점이 될 수도 있는
특별한 시기를 기다리는 내 마음은
슈퍼 블루문을 기다리는 것과 같다

하늘에는 비행기가 날아가고
지상에는 에어로빅 음악이 들려오는
금천체육공원

저 멀리 숲 위 구름 사이로
커다란 달은 밝게 떠오르고
붉은 달이 내 가슴에
안겨 오는 것만 같다

오랫동안 서성이면서
나의 미래를 생각하며
성공을 염원하고
그곳을 쉽게 떠나지 못했다

# 새해 일출

올해는
용의 비상을 상징하는
푸른 용의 해이다

조금씩 비가 내리는
밤을 뚫고
호미곶으로 왔다

해안의 제일 동쪽에 위치한 곳
육지에서 해가 먼저 뜨는 곳
상생의 손을 상징하는
조각상이 설치된 곳

조금 거치른 파도가 일고
쌀쌀한 바닷바람이 분다

수많은 인파에 휩싸여
밤을 새우고
새해의 일출을 기다렸다

바닷가의 잿빛 하늘의 구름을 보며
해가 솟아오르기를
아침까지 기다렸으나
끝내 붉은 해의 그림자조차
보지 못했다

그러나
해를 보지 못했다고 해서
해가 존재하지 않는 것은 아니다

어쩌면 나의 존재도
구름 속에 갇힌 해와 같을 것이다

마음속에 붉은 해의 기운을 간직하며
한 해의 소원을 빌었다

이만큼의 연륜에
포기할 것은 포기하고
미래를 향해 새로운 길을 가자

오랫동안 바닷가에서 서성이다가
새해의 음식을 상징하는
떡국을 먹고
서울로 돌아왔다

# 우주와 인간

인간이란
지구의 탄생에서부터
생명체가 살기 쉬운 환경으로 변해가는
그 과정을 거쳐 출현한
하나의 생명체에 불과하다

우주에 지구와 유사한 환경의 별이 있다면
인간처럼 지능이 높은 생명체가
존재할 가능성이 많지만
현재까지 밝혀진 바에 의하면
그러한 곳은 없다

다른 별에 인간이 이주해서 살기 위해서는
지구와 유사한 곳을 찾아내거나
열악한 환경의 별에서
생존방식을 찾아야 하는데
너무나 어렵다

우주로 향하는 꿈도
인간의 숙명이리라

# 절리

마그마나 용암이 고결할 때에
수축이 일어남으로
그 중에 틈이 생기고
바위가 되어간다
수억 년의 세월을 견디는
바위가 되는 것이다

세월이 지나면 풍화로 인하여
틈이 점점 커진다
절리로 인하여 틈이 벌어지거나
바위가 붕괴된다

절리는 바위의 소멸로 가는 길이지만
식물의 생명터가 되는 곳이다

인간에게도 서로를 잘 보살피지 않으면
절리가 생겨 관계가 위태로워진다

# 우주로 향하는 인간의 꿈

아득한 과거에서부터 바라본
신비한 우주의 세계
그 동경의 세계
우주로 향하는 인간의 꿈은
언제부터인가 이어져 왔다

인간의 꿈은
우주에 있는 별
그 별의 영토에 있는
자원에만 있는 것이 아니라
이주해서 살 수 있는
별을 찾고 있다

그 길은 멀고도 험하지만
끈질기게 찾고 있다

너무나 먼 곳에 있는 별에도
인간의 생존 가능성을 타진하여
찾고 있고
환경이 열악한 별에서도
갖가지 생존방식을 연구하고 있다

우주로 향하는 인간의 꿈은
언제까지나 계속될 것이다

# 암석

까마득한 오랜 기간 전에 살았던
생명체의 흔적과
수많은 세월을 거쳐 형성된
바다와 육지의 이동 과정을 보여주는
기록이 남아 있다

암석에 박혀있는 삼엽충의 화석처럼
내 삶의 흔적을 남기고 싶다

# 완벽한 설계

여자는
임신과 출산의 과정을
감당해야 하기 때문에
어느 정도 연령에 이르면
폐경이 와서
임신을 할 수가 없다

하지만 남자는
노년에 이르러서도 임신을 시킬
능력이 있다

완벽한 신의 설계이다

# 나쁜 인간

때가 잘 묻는 옷이 있듯이
나쁜 유혹에 잘 빠지는
인간이 있다

# 뿔

좋은 시를
동물의 뿔에 비유하기도 한다

그러한 생각을 해서인지
간밤의 꿈에서
예쁜 뿔이 솟아나 있는
꿈을 꾸었다

# 임금체불

어려운 처지에 있는 회사라 할지라도
임금체불을 하면
대부분 비난을 받는다

그런데 나의 경우는
십팔 년간 임금체불을 당하고 있다
돈이 없어서 못 주는 경우도 아니고
자금을 쌓아두고 안 주는 것이다

나의 출판사 성공을 막기 위해서
끝까지 책의 인세를 안 주고 있다

자신의 회사를 살리기 위해서
갖가지 방법을 동원하는 사람들도 있는데
나의 경우는
책의 인세가 회사를 살리는
자금줄이 될 수도 있는데
그 피 같은 돈을 주지 않아
나의 경우만이 예외인 것이다

제발
부당한 임금체불을
누가 좀 막아주세요

# 겨울비

스산한 겨울 하늘에
검은 먹구름이 잔뜩 몰려오고
쓸쓸히 겨울비가 내린다

어둠이 깔리는 초저녁에
네온싸인이 켜지는 도시의 밤거리는
몽환적인 느낌으로 다가오는데
겨울비가 내린다

무언가를 포기해야 할 나이인데도
포기하지 못하는 내 마음처럼
얼어붙어야 할 계절인 겨울인데도
얼어붙지 못하고 따스한 날씨에
겨울비가 촉촉히 내린다

겨울은 노년을 상징하는 계절인데
노익장을 과시하는 사람처럼
겨울비답지 않게
제법 많은 비가 내린다

# 남이섬

깊어가는 가을을 맞이하여
단풍이 아름답게 물든
남이섬을 찾아왔다

남이섬은 나처럼 대중들과 가깝기도 하지만
조금은 분리되어 있는 섬이다

나의 쓸쓸한 사랑 여정처럼
드라마 겨울연가가 촬영된 이곳
소중한 인연이 비켜간
추억이 있는 장소

휴일을 맞아
찾아온 많은 사람들 속에서
혼자 호젓하게 걸었다

나의 현재를 닮은 남이섬에서
오랫동안 서성이면서
가을의 정취를 만끽하면서
다가올 미래를 꿈꾸었다

# 한

생의 소용돌이 과정에서
한이 생긴다

한이 서린 바램
그 마음의 물결

한은 어디에나 존재한다
한의 힘은 강력하다

나에게 마음속에 맺힌 한이 없었다면
시인의 길을 걷지 않았을 것이다

# 꿈속에서

꿈속에서 영감을 얻어
이것을 녹이고 변형시켜
구체적으로 형상화하여
시를 생산함

# 부담스럽거나 불편한 대상

부담스럽거나 불편한 대상이 있으면
회피하여 다가가지 않으려고 한다
하지만 이러한 대상이 있다면
서서히 조금씩 다가가서
어루만지고 마음속에 녹이고 체화하여
떫떠름한 씨를 뱉아내어야 한다

# 뱅크시

어느 날 홀연히 우리 앞에 나타난
얼굴 없는 화가 뱅크시

그의 작품도 훌륭하지만
아무도 인적이 없는 밤에 나타나
사회의 이슈를 날카로운 시각으로 포착한 작품을
거리의 벽면에 남기고
남몰래 사라진다

이제 공개적으로 작품을 전시하는데
그 작품 일부분의 연관성도
그의 행적도 나와 닮아 있다

# 춤과 시

춤에 있어서는
육체적인 특성과 몸가짐과 마음의 성질이
나타난다

똑같은 방식으로 춤을 배워도
개개인의 성향에 따라서
다르게 변모되고 표출된다

혼인에도 궁합이 잘 맞는 사람이 있듯이
춤에 있어서도 서로 춤의 동작이 잘 맞는
상대가 있다

최고의 고수라고 할지라도
춤의 상대가 잘 받쳐주지 않으면
빛이 나지 않는다

시에 있어서는 비슷하다

똑같은 주제로 시를 지어도
다양하게 마음이 흘러가고
다르게 표출된다

개인의 감성과 시각
그리고 철학이 표현된다.

사람에 따라
초기의 작품에도 훌륭한 시가 있고
오래된 경력에도 불구하고
눈에 잘 띄지 않는 시가 있다

# 빛의 영광

고립된 어둠의 세계에
빛의 영광을 내려주시기를
기원합니다

# 운주사

아직 더위가 남아 있는 초가을
운주사를 찾아왔다

다양한 모습의 석불과
거대한 와불을 보니
부처를 향한 그 마음이 느껴지고

수많은 석탑의 흔적과
커다랗게 서 있는 실재하는 모습
현존 석탑들을 바라보니
그녀를 향해 다가가는
내 마음의 염원을 느끼게 하고
빌게 하는 것만 같다

진지한 오늘의 내 마음을 담아
작은 돌탑을 쌓고 돌아왔다

# 인류와 질병

인간이 생겨난 이후
오래 지나지 않아
질병도 존재했으리라

의학이 발달하지 않은 오랜 기간
질병은 인류를 괴롭혀 왔고
현재에도 어떤 전염병은
백신의 힘으로 억제되고 있고

어떤 전염병은
수많은 인류의 생명을 앗아갔고
지금은 독성이 약화되어
끊임없이 변모하면서
이곳에 존재한다

현대에는 동물과의 잦은 접촉으로 인하여
새로운 바이러스가
동물에게서 인간으로 침범하고
질병이 새롭게 발현된다

인류가 존재하는 한
질병과 인간
그 싸움의 줄다리기는
계속될 것이다

# 건강에 대한 관심

혈압이 높아서
눈의 미세한 핏줄이 터져
시야가 흐려졌다

치료를 하면서 많은 치료비가 들었고
어려운 과정을 거쳐
결국 회복할 수 없다는
시력 손상에 이르렀다

치료 과정에서 혈압을 측정했으나
끝내 혈압약을 먹어야 한다는
말을 해주지 않았다

병원에서는 환자를 위해서 일하지만
병원 운영상 이익의 방침이 있어서
상충되는 상황이 발생할 수가 있다

개인 스스로가 건강에 대한 관심을 가지고
정보를 획득하고 노력해야 한다

# 나의 겨울

나의 겨울은
푸대접받는 계절이다

겨울 내내 날씨와 온도변화를
수없이 검색하여 지켜보면서
오로지 겨울이 빨리 가기만을
바라고 있다

우리 인생에 있어서
겨울도 아름답고 가치 있는 계절로
자리매김을 해야 하는데
나의 인생 대부분 겨울과도 같아
생활의 불편함과 더불어
겨울이 빨리 가기만을
바라고 있다

언제쯤이면 겨울을 불편하게 생각하지 않고
반갑게 받아들이고 나름대로 즐기는
그러한 때가 올 것인가

# 통일마을 모텔

남한의 한강과 북한의 임진강이
만나는 지역에 위치한 통일전망대
북한이 한눈에 보이는 그곳

통일전망대 가까운 곳에
통일마을이 있고
상가와 음식점이 있고
모텔들이 있다

남북한의 통일을 염원하는 상징인
통일전망대 근처에
이와 같이 하나가 되기를 희망하는
남과 여가 이용할 듯한
모텔들이 있는 것이다

# 인류의 문화

인류의 문화는 찬란하다
그러나 그것이
찬란하게 미래를 꽃피울
그 과정에 있다는 것을
잊어서는 안 된다

제3부

인생

# 인생

좋은 길을 만나
자신이 원하는 방향으로 성공하여
행복한 인생을 사는 사람이 있다

좋지 않은 상황에 맞닥뜨려
자신의 의지와 무관하게
불행한 일생으로 귀결되는
인생이 있다

어떤 사람은
임시적으로 선택한 상황에 빠져들어
헤어 나오지 못하고 운명으로 받아들여
살아가는 사람도 있다

다양한 사람들이
제각기 다른 상황과 선택에 따라
각자 다른 인생을 살아간다

나의 인생은 어떠한가

가난하고 불행한 가족사에 직면하여
정통적인 꿈을 포기하고
시인의 길을 가기로 결심하였다

어쩌면 사회적인 야망
그 이상을 포기한 것이
잘한 것인지도 모르겠다

임시방편으로 의탁한 직장에 머물며
힘겹게 아로새겨진 내 청춘의 여정이
촬영된 필름처럼 책 속에 담겨 있다

가정을 이루지는 못하고
독신으로 살아왔으나
어쨌든 내 인생의 결말은
절반의 성공을 이루어내었다

# 흩어져 가라

무언가를 포기한 대가로 얻은
희망의 결말을 넘어서
흩어져 가라

기억 속에서 잊혀져 가다가
또다시 떠올려
움직이는 것들도
흩어져 가라

이제 마지막 한 점으로 남은
욕망마저 흩어져 가라

# 사랑과 함께한 세월

나의 청춘은
사랑과 함께한 세월이었습니다
철없는 사랑으로 표류하기도 했고

한때는 비뚤어진 사랑으로
방황하기도 하고
문제도 있었지만
사랑과 함께한 세월이었습니다

마음속에 잘못된 사랑의 각인으로
노년에 이를 때까지 맺어지지 못하고
오늘이 다가왔지만
사랑과 함께한 추억이 있어
후회하지 않겠습니다

# 자폐스펙트럼

나의 교우관계는
자폐스펙트럼과 유사하다

의식이 내면에 침잠되어 있는 탓으로
말을 잘 하지 않고
누군가에게 친밀감을 표시하지도 않는다

눈을 잘 맞추지 않으며
허공을 응시하며
자신만의 세계에 빠지고
친구가 없다

# 삶의 모순과 부조리

삶의 모순과 부조리
허무와 불안 그리고 고통은
내 인생의 많은 부분을 차지했다

매일 먹는 약의 복용으로
어느 정도 진정되고 있지만
죽음의 그림자가 드리워지고
여전히 나를 힘들게 한다

# 어찌하리오

일생을 중증 장애인으로 살아와
사랑 한번 하지 못하고
가뭇하게 죽어가는 사람이 있다고 한들
어찌하리오

줄줄이 많은 어린 자식들을 두어
돌보아야만 하는데
중병에 걸려
안타까워하는 사람이 있다고 한들
어찌하리오

누구에게나 다가오는
제각기 운명적인 삶도 있어서
어쩔 수 없이 받아들여야 할 때가 있다

오늘의 나를 있게 한
나의 운명적인 삶의 과정에 대하여
감사하는 마음을 갖자

# 노년

누구나 저마다의 갖가지 사연을 뿌리며
일생을 살아간다

평범한 인생을 살아가는 사람도
복잡한 과정을 거치며
독신을 맞은 사람도
많은 우여곡절을 거쳐
결국 노년을 맞이한다

쓰라린 인생 과정도 흘러가고
행복했던 인생의 과정도
흘러가고
돌아보면 후회되는 안타까운 사연도
회한 어린 가슴 아픈 추억으로 묻히고
제각기 쓸쓸한 노년을 맞이한다

개개인의 노력의 과정과도 상관 없이
행복과 불행의 과정과도 상관없이
누구에게나 세월이 흘러가서
죽지 않고 살아있는 한
필연적으로 노년을 맞이한다

# 과거

과거는 지울 수도 없어
변할 수 없는 자신의 흔적이다

축복받은 과거라면
햇살 같은 그 혜택을 누리며 살 것이고
잘못된 업보 같은 어두운 과거라면
힘든 십자가를 혼자 짊어지고
외롭게 살아가야 한다

하지만 불행하고 어려웠던
험난한 과거였다 할지라도
작가에게는 좋은 자양분이 될 수도 있다는 것을
잊어서는 안 될 것이다

# 갈등

속세의 가족과
정신적인 갈등 때문에
출가와 환속을 반복하는
가련한 인간이 있다

# 그림과 인생

그림은
무엇을 어떻게 그릴 것인지가 중요하고

인생은
무엇을 꿈꾸고 어떻게 실현할 것인지가
중요하다

# 허무에 대한 반향

인간이 죽어 존재가 사라지는
허무에 대한 반향으로 인하여
이 세상에는 많은 흔적이 존재한다

자신의 존재성을 남기기 위해
세계 곳곳에는
인간의 형상을 기념하는 거석문화가 있다

죽음으로 인하여
자신의 존재가 없어지는 것에 대한
가장 강력한 반향의 흔적은
미이라이다

잘 썩지 않는 인간의 형상인 미이라는
오랜 세월이 지난 지금에도
여전히 발견되고 존재한다

자신의 영속성을 잇기 위해서
자식에게 자신의 성을 물려주고
누군가는 제사를 지내고
무덤과 묘비석을 만든다.

지금도 자신의 자취를 남기려고 하는
인간들의 노력이 끊임없이 존재한다

# 점점 굳어져 감

저렇게 큰 건물의 골조
철근콘크리트 구조물이 점점 굳어져 가듯이
내 꿈의 윤곽이 점점 형상화되고
명확하게 굳어져 감

하늘을 향해서 서서 있는
사업적인 심리적 상황에서도
연령에 대한 압박감에서도
그녀에 대한 나의 마음이
점점 굳어져 감

# 운명

무언가를 얻는 행위로서
생산을 지향하는 것만이
인연을 이루는 것은 아니다

가능성이 있는 인연이 있다고 할지라도
포기해 가는 과정을 거쳐

적극적이지 않은 선택의 결과로서
운명적인 인연으로 귀결이 될 수도 있다

# 물거품 사랑

사랑하는 사람의 행복을 위해
참된 행위의 결과로써
재가 되고 물거품이 되기를 불사하는
사랑을 하자

# 변해가는 것을 관조함

노화의 과정을 바라보건대
어떤 사람은 옛 모습을 간직한 채
심하게 변하지 않고
색상이 짙어지듯이 은은하게 변해가는 것을
관조함

어떤 사람은 체형도 변하고
외모도 흉하게 점점 일그러져
쇠락해 가는 것을 관조함

# 어른스러움

인간의 심성은
용기에 담기지 않은 물과도 같아
스스로 자아를 형성해 가며
세상사에 대해서 관심을 가지고
자신의 관점을 정립하여
그 틀을 확립하여야 한다

성인이 되어서도
매사에 어른스럽게 행동하지 않고
필요할 때에 결단하지 못하면
영원히 어른이 되지 못한다

# 부모님께

제가 어린 나이에
부모님이 요절한 기구한 운명 때문에
어렵게 살아오면서
인간사에 대하여 깊이 생각하고
불행한 길을 스스로 걸어와
시인이 되는 토대가 되었습니다

부모님이 일찍 돌아가신 것은
너무나 슬프고 안타깝지만
시인으로 입신하게 된
그 계기가 된 점에 대해서는
한편으로 감사드립니다

아직 갈 길은 멀지만
앞으로 펼쳐질 저의 성공을 지켜보시고
그곳으로 다가가 다시 만나면
이승에서 풀지 못한 회한의 정을
함께 나누어요

# 잉태되지 않은 아이에게

상상 속의 자식에게 이 글을 전한다
잉태되지 않은 아이에게
이 글을 보낸다

네가 세상에 태어난다면
행복과 불행의 운명을 견디며 외로운 길을
받아들여라

인간으로 태어난 소중한 기회를 얻어
그 기쁨을 받아들이고
자신 인생의 의미를 만들고
소중한 길을 걸어
인생을 축조해 가라

그리하여 자긍심 있는 인생을 살아
스스로 자신이 길을 돌아보고
만족해하는 인생을 살아라

# 아웃사이더

어린 시절부터
나는 아웃사이더 기질이 있었다
학창 시절과 청년 시절을 거치면서
이러한 성향은 견고해졌다

누구의 눈치도 보지 않고
하고 싶은 표현
바른말을 하는
나는 아웃사이더

일부 정치인도 그러했듯이
아웃사이더인 나 자신도
비주류에서 주목받는 인물로
자리매김할 수 있으리라

# 꿈

젊은 시절
꿈 때문에 힘들어하던 때가 있었다

꿈 때문에 어려운 생활을 겪고 있던
때가 있었다

꿈 때문에 다른 꿈을 포기한 적이 있었다

꿈으로 인하여
언젠가는 나의 마음이 전해지고
세상 속으로 나아가리라
생각했던 적이 있었다

꿈으로 인하여
열악한 환경과 나약한 마음에서도
끈질기게 앞으로 나아가게 한다

# 열정

나는
열정적인 성향을 가졌나 보다

중요하지 않은 것에도
애착을 가지고 빠져들고
탐닉하며 중독되어 집착하고
마음이 구속된다

그리하여
많은 세월을 낭비하였습니다

# 의미 있는 길

장마철에 이르러 비 오는 날에
효창공원으로 왔다

비는 세차게 쏟아지는데
공원에 인적은 드물고
높은 뜻으로 의연히 살다 간
선열들의 흔적들만이 비에 함초롬히
젖어 있다

국가의 독립을 위하여 싸운
선열들이 그렇게 하였듯이
우리들의 인생에 있어서 중요한 것은
어떤 생각을 하며
어떻게 의미 있고 가치 있는 길을
걸어가느냐가 중요한 것이다

의열사에 당도하면
그때 당시 선열들의 어려운 상황들이 떠올려지고
의열사 담장 둘레에는
무궁화꽃이 비를 맞으며
환하게 피어 있다

# 해낸다는 것

영화 빠삐용을 수없이 보았다
지옥 같은 감옥과 고난의 어둠 속에서
한 인간의 질긴 생명력과
자유를 갈구하는 험난한 도전

오랜 세월의 우여곡절과
힘든 과정을 거쳐
거친 바다에 뛰어들어
살아있다는 함성을 지르며
결국 자유를 찾는다

우리 인생에 있어서
어렵지만 무언가를 해낸다는 것
그것이 중요한 것이다

# 자체발광

이 세상에 태어나서
누군가의 손길에 의해서가 아니라
스스로 빛을 내뿜는
자체발광 인간이 되어라

# 슈퍼 블루문

초판 1쇄  2024년 01월 25일

지은이  서청영원
발행인  김재홍
디자인  김혜린
마케팅  이연실

발행처  도서출판지식공감
브랜드  문학공감
등록번호  제2019-000164호
주소  서울특별시 영등포구 경인로82길 3-4 센터플러스 1117호(문래동1가)
전화  02-3141-2700
팩스  02-322-3089
홈페이지  www.bookdaum.com
이메일  jisikwon@naver.com

가격  10,000원
ISBN  979-11-5622-850-9  03810

문학공감은 도서출판 지식공감의 인문교양 단행본 브랜드입니다.